KB120916

© 한정식

지상의 본질

나부끼지 않으면 깃발 아니다
기다리지 않으면 봄 아니다

구겨지지 않으면 호수 아니다
흔들리지 않으면 사랑 아니다

2006. 정숙자

지만지 2007

열매보다 강한 잎

시작시인선 0072
열매보다 강한 잎

찍은날 | 2006년 9월 20일
펴낸날 | 2006년 9월 25일

지은이 | 정숙자
펴낸이 | 김태석
펴낸곳 | (주)천년의시작
등록번호 | 제300-2006-9호
등록일자 | 2006년 1월 10일

주소 | (우110-872) 서울시 종로구 내수동 72번지
          경희궁의아침 3단지 오피스텔 331호
전화 | 02-723-8668
팩스 | 02-723-8630
홈페이지 | www.poempoem.com
전자우편 | poemsijak@hanmail.net

ⓒ정숙자, 2006. printed in Seoul, Korea

ISBN 89-6021-015-3 02810

값 6,000원

• 잘못된 책은 바꾸어 드립니다.
• 지은이와의 협의에 의해 인지는 생략합니다.

열매보다 강한 잎

정숙자 시집

2006

천천히, 끝까지, 기꺼이 나는 내 그림자를 신고 걷는다.

■ 차 례

III

■해 설

내 뼈마디 모두 추리면 몇 개의 〈시〉자(字) 쓸 수 있을까

| 최라영 ——— 99

로댕은 묻는다

꼬부리고 앉아 생각하는 사람을 옆에서 보자. 그는 묻고 있다. 말은 너무 늦다. 그는 본능으로 묻고 있다. 그의 머리와 가슴속에는 무수한 갈고리가 혹은 엄청나게 큰 하나의 갈고리가 걸려 있다. 로댕만이 아니다. 고뇌에 처해보라. 인간은 태아 적부터 물음표로 포즈를 잡는다. 삶의 준비다. 시작이다. 진행이다. 인간은 배가 고파도 추워도 꼬부린다. 묻고 있는 거다. 물어야 할 때 묻고 싶은 거다. 말은 너무 늦다. 몸이 먼저 말한다. 물을 필요가 없을 때 우리는 몸을 푼다. 쫙 펴고 눕는다. 죽음은 더 이상 묻지 않는다.

의자 위의 책

바람이 앉았던 의자에 슬픔이 앉는다
오래 거닌 슬픔을 위해 바람은 자리를 비킨다
슬픔은 내내 낮은 어깨를 하고 있다
낮은 어깨는 그러나 그늘을 입었을지라도
중심을 모아 푸른빛을 고른다
몇 방울 이슬이 쉬어갈 아침을 근심한다
눈물 아니다 슬픔의 방향은
앞날을 향해 있다
눈꺼풀 속에 잊어서는 안 될 풍경이 나타난다
1 나노미터 오차도 없는 두 어깨의 균형
날으는 몸들은 그것을 잃지 않는다
나비! 나비! 나비도 그렇게 하늘을 열었을 게다
균형이 잡히면 울음도 출렁거림을 벗어나는가
바람이 앉았던 의자에 귀 낡은 책이 펼쳐져 있다
얼룩진 행간 사이로 햇살이 들락거린다
팔 랑 팔 랑 두 쪽 날개에 실려
한 생애가 묵묵히 자연으로 돌아간다

헐렁한 메모

오늘도 나는 어둠을 보았다. 내가 있으므로 어둠이 있고, 내가 있으므로 사물이 있다. 일체의 어둠과 혼돈이 나로부터 비롯된다. 어찌 밝지 않음을 탓할 것인가. 어둠에 갇혀 사유하고, 어둠을 걸러 정화되며, 어둠을 딛고 나아가는 도리가 글 쓰는 이의 항거다. 어둠은 여명의 또 다른 시간, 시시각각 출렁이는 희비 또한 시간의 변화태에 불과하다. 우리는 흔들림을 빚어 꽃무늬 놓고 상처를 다스려 깃털을 마련해야 한다. 예기치 않은 어둠은 예견 못한 영감의 실마리가 아닐까. 오늘도 나는 몇 기(基)의 어둠을 3.5플로피에 저장하였다.

바람의 빛

길과 하늘
아침을 잃어버린다

절벽을
강을
들을
건너는
예기치 않은 침묵은
천문대가 모르는 또 하나
태풍의 시작

삶이라는 말보다도
더 붉고
섧고
가파른

사랑은 사랑 말고는
다른 어둠을 알지 못한다

1초 혹은 2초 사이로 지나가는 태풍

차근차근 토막낸다. 맨 먼저 심장을, 그리고 머리를, 손발을, 시력과 목소리를 맥박이 서늘한 가슴에 묻는다. 이 땅에 들어박힐 해골 하나 추켜들고 느릿느릿 걷는다. 누군가, 내가 잠든 사이 목 졸라줄 필요도 없다. 죽어가는 나, 이미 죽어버린 나, 다시 살아날 가망 없는 나, 아무도 무서워하지 않는 나, ─나의 대명사는 인간이다.

문인화

버려진 꽃밭이 있다. 그늘져 있다. 버려진 꽃밭을 가꾸면 누구든 꽃밭의 주인이 된다. 꽃밭은 호미 하나로 충분하다. 꽃밭을 가꾸면 나비와 새 소리와 고양이의 색조가 섞인다. 구름과 바람과 달과 쇠야기도 그 거미줄에 투명하게 구른다. 하늘까지도 꽃밭 앞에서는 꽃을 돋우기 위한 수틀일 뿐… 꽃밭은 가꿔준 이를 다시 가꾸고, 가꿔준 이가 시인이라면 책상 위에서도 붓꽃이 피게 한다. 가꿈! 이렇게 이쁜 말을 나는 꽃밭에서 덤으로 주웠다. 내가 너를 가꾸면 너 또한 꽃밭밖에는 다른 나쁜 게 될 수가 없다. 인간이 흙으로 빚어졌다는 걸, 흙이라는 걸 자꾸 믿는다.

모나리자는 듣지 못한다

모나리자의 액자 속에는 소리가 없다. 그녀의 배경은 어둡다. 남들이 백(百)을 들을 때 삼사십을 듣는 모나리자는 늘상 그렇게 앉아 그렇게 웃을 수밖에 없다. 남들이 손뼉 칠 때 손뼉 치고 일어설 때 일어선다. 모나리자는 봄비 소리와 가랑잎 구르는 소리를 알지 못한다. 눈 오는 소리의 기억을 갖지 못한다. 그러나 어린 모나리자는 구김살 없는 반달로 자라 모나리자가 되었다. 그녀는 어느 회합에서도 미소를 잃지 않는다. 안 들리는 귀는 졸음을 몰고 오지만 입술을 깨물망정 흔들거리지 않는다. 그녀의 뒤에는 언제나 네모난 하늘의 조용한 틀이 있다. 모나리자가 듣는다는 것은 읽는 것이다. 그 어리숭한 눈으로, 전신의 세포로 상황을 읽고 덩어리진 소리를 조각한다. 스테레오는 어림없다. 그녀가 옷을 벗으면 온몸이 귀라는 것을 알게 된다. 모든 살갗이 귀 모양으로 열려 있다. 그녀의 어깨는 어떤 바람에도 능선으로 놓일 뿐이다. 아무도 아는 이 없다. 그녀가 스스로 달팽이관을 열어 보이기 전에는 그저 행복한 모나리자일 따름이다. 그녀의 왼쪽에만이 사람이 있고 언어가 있다. 누구라도, 연인이 아니어도 나란히 앉거나 서서 말하며… 걷는다. 오른쪽 귀는 창세기 이전으로 잠잔다. 왼쪽만이 삼사십 퍼센트의 파도 소리를 듣는다. 삼사십을 들으며 오늘도 모나리자는 모자라는 이마를 가꾼다. 그녀의 그늘을 이렇게까지 아는 사람은 모나리자에서 차단된다. 세상은 모르는 만큼 고요하다.

더블 플라토닉 수어사이드*

은하수 푸른 밤에는 강물도 더 빛이 났다
그 요요한 울림 속에서 바위가 숨을 몰았다
하 세월 부대꼈어도 속잎 흔들리지 아니했던 탑
첩첩 붙이면서도 봉오리에 머물렀던 꽃
혼자서, 다만 혼자서 하늘 끝 오르내린 섬이었건만
맑고 따뜻하고 그리고 순한, ㅡ낮은 음의 노래밖에는 부
를 줄 모르는 물살에 실려 천 겹 만 겹 향내를 피워 올렸다

어둠은 더 이상 그늘이 아니었다
벙글고 벙근 아지랑이와 보름달로 맞물린 반달 두 개가
들녘 어딘가로, 세상 밖 어딘가로 떠내려갔다

*double Platonic suicide(정신적인 동반 자살) : 아쿠타가와 류노스케의 단편 「어
  느 바보의 일생」에서 따옴

이런! 이런, 이런

사돈댁에서 꼬막을 한 상자 보내왔다
뻘이 잔뜩 묻어 있다
와르르 쏟아붓고 문질러 씻는다
살아 있다는데
얼마나 무섭고 어지러울까
꼬막끼리 부딪는 소리가 하늘에 찬다
씻고, 씻고 몇 번이고 또 씻고
끓는 물에 꼬막을 집어넣는다
"살아 있는 꼬막은 끝까지 입을 열지 않는"다
는 사부인 말씀대로
정확(鼎鑊) 속에서도 흐트러짐 없는 꼬막
감중련 하고 앞뒷문 닫아건 꼬막
이렇게 믿을 만한 것이
예쁘게도 생긴 것이
요렇게 작은 몸을 하고 묻혀
있었다니, 뻘밭에서 뒹굴고 있었다니

무인도

서푼짜리 친구로 있어줄게
서푼짜리 한 친구로서 언제라도 찾을 수 있는
거리에 서 있어줄게
동글동글 수너리진 잎새 사이로
가끔은 삐친 꽃도 보여줄게
유리창 밖 후박나무
그 투박한 층층 그늘에
까치 소리도 양떼구름도 가시 돋친 풋별들도
바구니껏 멍석껏 널어놓을게
눈보라 사나운 날도
넉 섬 닷 섬 햇살 긴 웃음
껄껄거리며 서 있어줄게
지금 이 시간이 내 생애에 가장 젊은 날
아껴아껴 살아도 금세 타 내릴
우리는 가녀린 촛불
서푼짜리 한 친구로
멀리 혹은 가까이서 나부껴줄게
산이라도 뿌리 깊은 산
태평양이 밀려와도 끄떡없는 산
맑고 따뜻하고 때로는 외로움 많은

너에게 무인도로 서 있어줄게

II

불시착

뭉쳐진 의미가 고층에서 떨어진다
짐승들은 죽어서 먹히지만 인간은 먹혀서 죽는다
꿈을 감싼 비늘, 의지를 품었던 피와 살이 뜯겨져나간다
더 이상 먹힐 게 없어졌을 때
바람은 그를 벼랑으로 밀어버린다
반짝! 거품이 꺼진다
자살은 결국 타살이다
몇몇 범인을 지목할 수 없다
온 세상이 합세했으므로 한 목숨 나누어 먹었으므로 세
상은 더욱 활기를 띨 뿐
　ㅡ그는 의지가 약했다
　ㅡ그는 치밀하지 못했다
　ㅡ그는 융통성 없는 인간이었다
손에손에 망치를 들고 죽은 이를 못 박는다
더러 애도하는 이도 있지만 주검에겐 위로가 되지 않는다
크릴은 고래에게 고래는 작살에 먹히는 바다
온갖 혈액 뒤섞인 바다
태양을 바수는 파도 속에서 아가미만 뻐끔거리는 그림자
는 죽음 너머를 살고 있다
모든 자살은 순교다

진짜로는 아무도 자살하지 않는다

이브 만들기

갈비뼈 하나 바치지 않고 자신의 창세기 열 수 있는 사람 아무도 없다

피 묻히지 않고 갈비뼈 하나 주무를 수 있는 사람도 없다

우리는 진흙이 아닌 바람으로 맺힌 이슬들

꽃을 버려야만 씨앗이 여무는 풀들

외투만으론 추위를 막을 수 없다

이브를 안아야 한다, ―하지만

진통 없이 이브를 얻었던 이는 지상의 첫 인간 아담 말고는 아무도 없다

솟구치는 절망과 남은 시간을 우리는 스스로 깎아야 한다

타인과의 섹스로는 또 다른 타인밖에 낳지 못한다

가끔은 양성동물로 엎드려 혼자서 앓자

갈비뼈 하나로 부족하거든 남은 갈비뼈 차례로 뽑아 그림자까지라도 붉게 칠하자

관 뚜껑 여미고 돌아가는 날

하느님 앞에 조용히 묻자

갈비뼈 몽땅 사라진, 물거품보다도 무모한 껍질! 지상에 왜 인간이 필요했는가

열매보다 강한 잎

마지막엔 이것뿐이다

꽃 아니다 기둥 아니다 수많은 잎새도 아닌 다만 두 잎뿐이다

두 잎이면 다시 하늘을 열고 별을 기르고 마파람 부를 수 있다

껍질 속 두 잎은 우뇌/좌뇌란다

좌청룡 우백호란다

씨앗들은 스스로가 명당이요 명문이란다

흔들림 없는 두 잎을 열고 나무는 걸어간다

큰길 소롯길 모두 제 안에 있다

만 리를 내다보는 키가 되어도 어느 한 잎 잎차례 변치 않는다

잎들은 알을 품는다

알보다 먼저 달리고 알보다 늦게 익는다

첫 잎이자 마지막 두 잎

간절히 합장한 두 잎

두 잎을 밀봉한 다음이라야 잎잎 붉은 잎 몸을 날린다

가슴 한복판으로 툼벙툼벙 떨어진 날들

밀리고 밀린 나이테 파문! 나무 속에 호수가 있다

잎새에선 노상 잔물결 소리가 난다

두 잎이면 모든 잎이다
두 잎이 남아 있는 한 어떤 내일도 초록빛이다

김나현

김나현은 2003년 7월 어느 날 태어났다
그리고 오늘은 2005년 6월 어느 날이다

　나현 엄마 부탁으로 나현을 봐주러 갔다. 나현 엄마는 수박이 배달되거든 잘 받아놓으라는 당부를 남기고 외출하였다. 얼마 안 있어 초인종이 울렸다. 나는 재빨리 일어나 현관문을 열고 수박을 들여놨다. 신장 87cm의 나현, ─종종종 달려와 수박을 바라보더니 "안녕?" 하고는 대뜸 뽀뽀를 했다. 감동에 싸이는 수박의 표정을, 촉촉해지는 줄무늬를 나는 보았다. 나현도 나도 수박도 기분 대박이었다. 나현과 수박과 나는 아무 노래나 막 불렀다. 산토끼 토끼야 어디를 가느냐. 반짝반짝 작은 별 아름답게 비치네. 따르릉 따르릉 비켜나세요. 나현은 말이 좀 이른 편이다. 아기 발음이지만 멜로디도 거의 틀리지 않는다. 나비야 나비야 이리 날아오너라. 나는 김나현을 통해 흙과 덩굴을 떠나온 수박일지라도 행복할 수 있다는 걸 알았다. 수박이 입속 말고도 마음을 즐겁게 해줄 수 있다는 걸 알았다. 체중이 12.5kg밖에 안 되는 김나현이 요정이라는 것도 알았다. 비로소 나는 나현을 안아올릴 때 그 투명한 날개가 다칠까봐 조심하였다. 나현과 수박과 나는 한 덩어리의 환희였으며

한 덩어리의 별이었다.

　나현 엄마가 돌아와 수박을 쪼갰을 때
　수박에서는 빠알간 장미꽃 냄새가 났다

섬의 정신

혼들리는 건 정신이 아니다

맞으면 맞을수록 의지는 더 깊이 박힌다

하지만 고뇌여, ─너무 때리지 마라

욱신거리는 침묵이 지금 이 순간에도 회색 하늘을 지나고 있다

뭉개지지 않게, 허리도 발목도 휘지 않게, 눈물도 무너지지 않게 촛불 한 자루 세워둬야지 그 이상의 바람은 없다 잘 잡힌 균형만이 힘을 기른다 바다가 스스로를 지켜낸 것도 제 안에 답이 있었던 거다

끝없이 밀려나오는 저 대팻밥

내면을 깎는 물보라

간절해야만, 단단해야만, 삼각파(三角波) 아울러야만 비로소 섬일 수 있다

섬을 꿈꾸는 자만이 섬에 닿는다

별똥별 사철 두고 돌아오는 곳

먹구름도 말끔히 헹궈 은빛괭이갈매기 떼로 나는 곳

외곽으로, 여백으로, 고독으로 나앉은 미래는 오늘도 오로지 용맹정진

돌 하나만 저리 굴러도 우주의 중심이 바뀌는 것을…

하물며 핏방울이 젊은 숨이랴

오선의 깊이

건반이 어둠에 숨어 뭇 계절을 떠돈다

꽃으로 강으로 독수리로도 깨어난다

하늘 가득 추위가 머무는 동안 지하에 스민 건반은 장차 솟아오를 푸른 음을 돌본다

지층에는 또 하나 태양이 돌고 설 곳 잃은 색채들을 거기 모여 쉬게 한다

상처가 자랄 때마다 음표들이 갖가지 현을 빛낸다

불협화음 좁혀가며 탄력을 헤아린다

때때로 첫사랑 앗아간 함박눈이 오선 위에 쏟아진다

세상은 오늘도 휘청거린다

멈추지 않는 어둠과 폭풍이 싸라기별 하나도 벙글지 못하게 한다

시력은 이때부터다

들여다보라

그 맑은 노래를 위해 갈대는 그렇게나 오랜 세월 나부끼지 않으면 안 되었던 것일까

바닥에서 날개가 꿈틀거리다

안에도 밖에도 바람뿐이다
풍선은, 비눗방울은 입술에 입술을 대고 바람을 불었던
증거
외로운 가슴 가슴이 그리움 껴안고 웃었던 울음
몸 어딘가 하늘빛 숨긴 아낙네들이 분만실 침상을 오르
내린다
구름 비 안개… 모르는 눈망울이야 얼마나 향긋하리야
전생에 둘렀던 양수를 벗고 세월 가득 신생아가 날아오
른다
몇몇 의사는 태를 자르고 그늘 한 올 들락거릴까 배꼽을
묶기에 여념이 없다
바람으로 숨 탄 모든 풍선은 머지않아 무너질 비눗방울들
흐름을 알 수 없는 구름 뒤에서 더는 수용 불가능한 폭풍
이 내면을 팽창시킬 때
내리꽂힌 바람이 깃을 고른다
(이제)
눈을 감아야 할 때
지금은, 바로 오늘은 자신을 향해 날아야 할 때

보름달

산소량 부족했던 눈―뭇 소리 가라앉은 눈―꼭대기까지 올라간 슬픔 한 눈금씩 지워나간 눈―동그란 게 길이다 굳게 믿은 눈―새벽을 지나 아침을 지나, (물 밑 훤히 드러나) 오히려 캄캄한 정오를 지나 길어진 그림자 쉬게 하는 눈― 천 개의 눈을 합친 눈―꺾을 수 없는 운명 앞에서 모서리 무디어진 눈―두드리고 밀어도 열리지 않는 문 알아버린 눈―품안의 새 날려 보낸 눈―더 이상 침몰/표류하지 않는 눈―어쩌도 어리숙한 눈―신용카드로 살 수 없는 눈―비수보다 빠른 눈―천인절벽에 뿌리내린 눈―묻혀도 썩지 않는 눈―보이지 않는 눈 바라보는 눈―죽음이 목을 노려도 수평을 유지하는 눈

그들이 있다

비 오는 날 산책로에선 발부리에 눈을 두고 걸어야 한다
모처럼 나온 지렁이들이 허리를 고르고 있다
어디서 운명 바뀌었을까
줄기줄기 부풀고 멍든 보랏빛
내디딜 발이 없는 그들은 평생을 기어도 깃털 한 잎 움트
지 않는 이 세상 토씨들이다
들판에서 난바다에서 빌딩 숲 틈서리에서 꺾이고 으깨진
그들
그 아픈 세월 속에선 목숨보다도 질긴 슬픔이 멀리멀리
자라곤 했다
지금도 내 우산 뒤에서 몇몇 밟힌 몸들이 세상을 떠나고
있다
괜찮다, 괜찮다, 괜찮다고만
한마디 비명도 없이 별로 뜬 토씨들이 대사원(大寺院)을
이룬 밤하늘
내가 버린 자획과 종잇장들은 어느 곳으로 돌아갔을까
먼 길 둘러온 빗방울들이 꽃 한 송이씩 놓고 흐른다

변연대비

　물방울들이 하수구로 떠내려간다
　내 얼굴 담은 물방울들은 어느 둑을 흘러도 내 얼굴이다
　초가지붕 굴뚝 너머로 별자리 하나 새로 뜨던 날
　배꼽 자리 피를 닦은 물 한 대야가 풀밭 지나 하늘을 돌
아 다시금 내 배꼽 닦고 흐른다
　유리컵 물 한 모금도 언젠가 거울에 맺혀 내 얼굴 담았던
물방울이다
　개천, 아니 강이 되어도 물방울은 서로 헹굴 뿐
　다른 꿍꿍이 품지 않는다
　그 맑은 물살을 먹고 붕새 철새들도 먼 길을 가고…
　이쯤이면 우리네 한가람(漢江) 물도 은하수 넘어선 뚝심
　햇살 한 축 후정크릴까, ─초록물 안 들이는 내 은발(銀
髮) 아래 거북이 좀생이가 꿈속 구름 속 하늘을 난다
　비누칠 삼가로운 욕조에 누워 물 한 바가지 친근한 방생
　창에 비친 달님도 아주 벗은 몸 내버린 물 따라가며 발을
씻는다

네 번째 하늘에서

편지는 늘 시보다 따뜻하다
허공으로 띄워 보내는 꿈이 아니라
포근히 가 닿을 주소와 그 주소의
주인이 있다
편지는 한 사람이면 모든 독자다
길이 살아남아야 할 부채도 짐지지 않는다
그가 한 번 읽어주는 것으로
생명을 마쳐도 좋다
편지는 내가 아는 한 어떤 행위보다도
고매한 발명이다
어느새 고전이 되어버린 손편지—
그러나 나는 오늘도 편지를 쓴다
땅 위에선 시를 짓고
하늘에선 책을 읽고, 삼십삼천(三十三天) 바깥에서도
도솔천에서는 편지를 쓴다
이슬 한 방울이 증발하는 시간보다도 빠르게
읽히고 잊혀질지라도, 벗이여
나는 내 소유의 모든 잉크 중에서
가장 슬픈 채도를 아껴
그대의 이름을 적는 데 쓴다

그 속으로 몇 줄의 시가 지나갈지라도
벗이여, 나는 그대의 이름이 한없고 곱다

전등과 고양이

바람이라도 더 구르는 날은 안에서 불이 꺼진다
깜깜하고 휑한 머리가 퓨즈 나간 전구다
온종일 돌려보지만 슬픔을 문 나사가 한 바퀴도 돌지 않
는다
이렇게도 바람에 약하다니 정품이 아닌가보다
가로등이 되기엔 그른 게지
팔 다리 어깨 어디를 뒤져도 품질인증표시가 나타나지 않
는다
껍질뿐인 전구를 들고 현관문을 나선다
쇼윈도가 잘도 바뀌는 우리 동네
새로 생긴 일식집 〈로 · 바 · 다 · 야 · 끼〉 우윳빛 전등
다섯 개가 유독 상큼하다
곁불을 쬐임직하다
하지만 퓨즈 나간 전구는 온기를 얻지 못한다
희망이 유리된 채 남은 날들이 시퍼렇다
전구 수선집을 모르는 나는 키를 넘어버린 어둠을 끌며
아파트 사잇길로 접어든다
"막대형 폐형광등 수거함/원형 폐형광등 수거함"

바람보다 발 빠른 고양이 눈이 야옹! 야옹! 칼날이다

백야

찌르지 말아다오

어르지 말아다오

모기가 0.5 g 일 때

당신 체중은 오륙십 킬로그램

$1 \times 2 = 2 / 2 \times 4 = 8$

당신한테 물리면

나는 십이만 배로 가렵다

가만두어도 끓는 열대야

또르르 또르르 똘 또르르

귀뚜리 귀뚫이야 어서 와다오

III

길에 대한 리서치

　정다운 오솔길, 얼었다 풀린 진흙길, 예기치 않은 빙판길, 돌아나온 골목길, 땡볕 깔린 자갈길, 툭 터진 바람길, 별 쏟은 난바닷길, 앞뒤 모를 굽이길, 구름 고운 뒤안길, 하늘만 믿는 비탈길… 자! 당신은 타인에게 어떤 길인가?

나의 니르바나

화엄경 첫 장만한 우리 집 거실에서
의자 깊숙이 구겨져 묻힌, 나는
몇 십 년 뒤적거린 사고의 무덤이다
일 년에 한 번쯤 흙 돋우고
더러더러 잡풀 줄거리 들추어내는
그쯤으로 나는 무덤을 돌본다
잔디 뿌리와 머나먼 하늘 사이, 모처럼
정화된 시간이 "초롱" 하고 소리를 내면
천지에 가득 꽃비가 온다
무덤이야 고요와 고요가 몸 비비는 곳
무덤이야 고요와 고요가 말 나누는 곳
강물들 바다로 달리는 오밤중이면
내 삶의 소란은 한데 모여 고요를 향해 걷는다
제깟 무덤이 무슨 변화가 있겠느냐고?
그러나 무덤도 까맣게 타고
살아나고 바람을 견딘다, 너호 너호
아주 죽을 죽음을 기다린다
동그라미 어느 날 밭두둑 되고
난장이 되고, 다시 또 청산이 되면, 그때 바로
고요는 고요조차 모르는 고요이려니…

화엄경 첫 장 열린 양력 2월 햇빛 속에서
깃털 민숭한 몸을 오므린다
아슬한 공중으로 새 한 마리가 사라진다

한 바퀴

발이 머리로 들어온다
우울한 발은 머리로 들어올 수밖에 없다
안개에 질리고, 바람에 막히고, 소신만이 푸른 발
사유 속으로 진입한 발은 하늘로 걸음을 옮길 수밖에 없다
더 이상 신발이 닳지 않는다
길을 재지도 않는다
걸음걸이마저 잊어버린다
발이 창공으로 날아간 순간 길은 원시림으로 돌아간다
온 만큼만 돌아가면 태초다
길에서 발이 여문다
벗어남/체념/전락이라고 짚어도 좋다
아무도 따라잡을 수 없는 고독 속에서 한 순배 익어가는 발
지나온 시간들이 압축된다
다시 씨앗이다

꽃을 지닌 떡잎이 지상으로 뻗어나간다

평균 풍속

나무가 풀 먹는 걸 보았다
너른 그늘 속에 자디잔 이빨 숨기고 있는 걸 보았다
멀리 갈 것도 없다
아파트 꽃밭 커다란 사과나무가 풀뿌리들을 씹는 소리가
났다
내 신발 문수가 더 커지지 않는 이유도 거기 있었다
휘영청 밝은 달은 얼마나 많은 근동의 별들을 먹었을까
태양은 또 얼마나 많은 주변의 눈을 감기웠을까
키 훤칠한 밑둥들은 남의 목숨을 제 살에 붙인 뼈대들이
다
왜 그리해야 되는지 알지 못한다
그게 삶이라고 믿으며 나무는 나무대로 풀은 풀대로 주
어진 만큼 서 있다 간다
내 신발 문수도 밑으로는 미안하고 위로는 슬프다
일 센티가 자라면 이삼 센티 넓어지는 그늘 속에서 누군
가 발을 오므린다
군화 신은 남편을 따라 해안선 따라 이사 다닐 때
바닷물이 시냇물들을 사정없이 마셔버리는 걸 보았다
그리고 아침이 그리로 오는 걸 보았다
이상하다, 그런데 그 모든 시간이 아름다웠다는 것이…

이런 공기를 만난 아침에 꽃밭의 풀을 맸다는 것이…

내 마음 한구석에 좀더 자라고 싶은 욕구가 있다는 것이…

파야 할 땅은 시간이다

속도보다 각도를 근심한다
빠르지만, 새들의 하늘엔 역사가 없다
그저 빠르기만 한 속도로는 새로운 흐름을 열지 못한다
한 눈금일지라도 미래를 바꿔야 나는(飛) 것이다
밤 깊어 귀 기울이면 미세한 소리가 반짝거린다
표면에서 부푼 마찰음과는 다르다
어디선가 미증유의 공간을 가꾸는 보습일 게다
밤이나 낮이나 호흡을 빛내는 혈관, 혈관들
냉이 씀바귀를 다듬고, 기역니은을 저울질하고, 남몰래
눈물 삭이는 일도 내일을 조각하는 바큇살이다
사유하는 관절은 깃털을 추월한다
어느 하루 소용돌이 빼먹지 않는 바람 속에서 시간은 무
한대로 풀리는 대지
태양, 물, 공기, 자유 또한 넉넉하다
타인을 견주지 마라
애오라지 자신의 왼발과 오른발을 경주하라
그리고 느긋하라, ─좀 더 단단한 진화를 위해 때로는 실
족마저도 허용하라
남은 곳이라곤 시간뿐이다
시시각각 시간 밖으로 달아나는 시간이지만

만인에게 고루 놓인 땅, —그 비옥한 틈을 뒤져라
누군가 파낸 흙이 산마루에 하얗게 피어오른다

날짜변경선

떨어진 동백꽃은 곧바로 깊은 잠이다

고른 숨소리가 섬세한 파도들을 뭍으로 해안으로 밀어
보낸다

그 시름없는 주름살 사이, 평화는

무게를 갖지 않는 공기였던가

수십 년 배웅한 얼굴

한 치 앞이 안 보여 퍼덕인 얼굴

삶을 일으키려고 뒷골목 드나든 얼굴

노도(怒濤)와 겨루던 그 호흡들이 태아 적 잠으로 돌아가
있다

텅 빈 이 숙면이 정오보다도 붉은 절정일지 모른다

동백꽃 넘어간 수평선 위로 미풍이 드리운다

무엇도 아니다

수면은 시간 속에 무늬를 짜지 않는다

걸릴 것도 비울 것도 까르르 솟구칠 것도 없는 0시, 땅의
정화는 비로소 시작이다

둥글고 깨끗한 잠이 바람과 밤을 접는다

물은 한 방울로 태어난다

한 방울의 물은 물의 씨앗이다

떨어지는 순간 껍질을 깨고 다른 물방울의 손을 잡는다

떠나는 발자국 소리가 난다

눈 뜰 겨를도 없이 숨진 물방울에게, 더는 크지 못하고 서성거리는 물방울에게 까닭을 물어서는 안 된다

심어진 처음 자리가 이미 많은 얘기다

자라는 건 꿈이 아니다

걷고, 달리고 소용돌이쳐야만 한다

걷고, 달리고 소용돌이칠 행운을 입어야 한다

도랑을 지나 시내를 지나 청푸른 강물일 때도 오체투지 ~ 오체투지~ 숱한 바람을 재워야 한다

그러나 보아라

눈… 비… 이슬…

어느 시간을 돌아온 물도 마지막 길에는 눈이 부시다

한 생애를 충실히 마친 한 방울 한 방울 물방울들이 깃털을 가다듬는다

바다는 물들의 공동묘지다

여기 이 별에 태어남보다 더한 추락은 없었노라고, 그래서 삶이 조금은 즐거울 수 있었노라고

바다가 날아오른다 파도가 한껏 날개를 편다

먼저 돌아간 물방울들이, 또 태어날 물방울들이 하늘 가득 햇볕을 쬔다

새해, 새벽

　새로 세 시 반이 새로 세 시 반을 지나고 있다. 새로 세 시 반은 새로 세 시 반 외에 다른 시간을 지나지 못한다. 새로 세 시 반은 나의 삶이다. 내 흉부를 떼어 벽에 건다면 각종 사유와 희로애락이 시간 단위로, 분 단위로, 초 단위로 원을 그리며 돌 것이다. 묵은 발자국 반복해 밟으며 남은 나이를 먹을 것이다. 나이가 는다는 것, 그게 얼마나 찡한 안도이냐. 새로 세 시 반은 다만 새로 세 시 반일 뿐 나이가 없다. 새로 세 시 반은 늙을 수도, 눈감을 수도 없다. 직각으로 선 새로 세 시 반은 여태도 흔들리는 나의 청춘, 노란빛을 숨긴 파란 은행잎이다. 새로 세 시 반은 정확히 새로 세 시 반만을 스친다. 내 삶 또한 나만의 위도를 관통해 나가고 있는 중일까. 어떻든 걱정 없다. 그늘 긴 이 생애도 〈쩍 · 깍〉 사라질 것이다. 그리고 그 찰나 위로 새로운 삶들이 오고, 오고, 또 지나갈 것이다. 창문이 하얗게 돌아온다.

문인목*

1
또 팔뚝 하나 바람이 끌고 간다
온몸 딸려나간다
억누른 신음만이 제자리 박혀 일만이천 봉우리를 접는다

2
이 하루 저 한 해가 비틀고 더듬는다
서성이는 그림자, 술렁이는 목소리, 청룡언월도 숨겨둔
구름
짧은 칼도 피에는 깊다

3
물결치는 뭇 산 웃고 넘는 삶
너도 산 나도 산이다
백 년, 천 년, 억만 년 아니아니 십 년만 앞당겨 돌아보아
도
오늘의 산은 산이 아닐 걸

4
절벽에 돋아났어도 강을 건넌 나무가 바로 문인목

5

그의 과거를 이길 수 있는 그늘은 없다
뛰어넘을 잎새는 없다
일초일순 잠들지 못한, 정수리보다 눈물이 푸른

6

평지의 잣대로 재면 안 된다
하늘도 멀리 달아나는 늪 비바람 끊임없이 솟아나는 숲
그 모서리에 걸린 나날을 고독에 그을린 빛을

＊문인목(文人木) : 천인단애에서 오랜 세월을 보낸 나무

그러므로 강물도

1/X로 축척된 지구의(地球儀) 위를 걷는다. 온몸이 흔들린다. 어느 한 군데 비탈이 아닌 곳 없다. 누구에게도 모서리의 삶 안 주시려고 지구를 둥글게 만드신 하느님, 전체를 비탈로 깎으신 하느님. 호호(好好)… 품위를 바라지 말아야 한다. 비탈에 놓인 우리는, 나비가 아닌 우리는 비척거릴 수밖에 없지 않은가. 모든 벌레가 다 나비가 되는 것도 아니잖은가. 나비는 날아다니는 별이다. 먼 데 별이야 정체를 알지 못한다. 제 몸속 비탈을 지워버린 나비 날개가 방향을 알려주는 진짜 빛이지. 조용한 밤이면 이따금 미끄러지는 소리가 난다. 꿈꾸는 이들이 비탈을 헛디딘 순간이리라. 빗방울보다 슬픈 땅, 내일도 모레도 딴 길은 없다. 비탈이다 뿐이겠는가. 게다가! 지구는 돌고 있다고 하지 않는가.

물별

1
태양은 오늘도 산란기다
강물 가득 흔들리는 물별을 봐라
붕어로 송사리로 쏘가리로… 맑고 따뜻한 지느러미로…
바람으로 몸이 풀린다

2
한가람 은물결 위에 멍석 한 닢 떠내려가네
올록볼록 선친 기침 소리 떠내려가네
은하게 엎질러져 떠내려가네
우리 어머니 밭 매고 돌아오실 때
얼굴에 흐르던 땀방울들도 저기 돌아와 반짝거리네

3
예술을 동경한 몇몇 물별은 여인에게 스며 태아로 크고
나비를 사랑한 몇몇 물별은 대지에 들어가 꽃을 꺼내고 새
소리 그리운 몇몇 물별은 품 넓은 나뭇가지와 잎새들을 뿜
어 올리고

4

나도 한 알 물별일 게다
어머니가 우물물 길어 마실 때 따라 들어간 빛살일 게다
절망에 먹히는 삶일지라도 어둠만은 아닐 것이다
뒤져라, 뒤져라, 뒤져라
DNA가 태양이란다
네 몸에 흐르는 유전인자는 굴절을 모르는 광선이란다

5

강물 바라볼 때 아늑했음도
건네받은 물 한 그릇 두고두고 고마웠음도
〈물별〉 그 이름이 그토록이나 간절했음도
해돋이엔 저절로 눈이 뜨이고 이슬 내린 풀언덕 정다웠음도
물로써 마지막 발을 헹구고… 하늘로 햇살로… 다시 물방울로 되돌아감도

6

흘러야 물이다 떠내려가네
구름 걸린 산봉우리 떠내려가네
지구를 감은 많은 길들도 발자국 빛내며 떠내려가네

우리 모두는 태양이란다

태양이 낳은 태양을 닮은 태양의 물별이란다

산은 넘는 자의 것이다

가다가 길이 막히면 거기서부터가 산이다

산을 넘지 못하면 그 너머 길을 잇지 못한다

평지에 허리를 감춘 산은 압구정동 네거리 거실 의자 중환자실 침대 위에도 있다

산을 허무는 일이야 산을 일으킨 바람에게 물어야 한다

우리 모두는 혼자다

갈수록 비탈일 수밖에 없다

많은 이가 한 길을 함께 걸어도 그 길은 제가끔 다른 길이다

관점이 길을 바꾼다

지상에 난 모든 길은 관점으로 가는 길이다

산을 오래 타다보면 사람도 산이 되는지 얼굴 어딘가 폭포가 숨고 이끼가 끼고 나비가 되지 않는 벌레도 안고 키운다

전생을 건너온 발이 여기 발아된 그 순간부터 산은 매복하고 있었던 게다

많기도 하지

어디든 눈을 던지면 산이 산을 업고 또 기대고 있다

어둠이 다락 같은 저 붉은 산들을 누가 다 넘어갔을까

온라인 게임

보이지 않는 바퀴가 보이는 바퀴를 굴린다
보이는 바퀴가 보이지 않는 바퀴를 굴린다

보이지 않는 바퀴가 굴린 바퀴는 구름에 걸린 길도 소리
없이 넘어간다

발자국이 길이 되던 시대는 이울었다
바큇살이 산을 뚫고 바다를 닫고 땅속에도 불을 켠다

털실, 비단실, 혹은 무명실
지구를 감고 도는 그 오랜 길들

보이지 않는 바퀴가 보이는 바퀴를 굴린다
보이는 바퀴가 보이지 않는 바퀴를 굴린다

떠돌이별

남쪽이 어디냐 동전에게 묻는다
모르거나 잘못 잡은 방향은 한낮일수록 더 어둡다
많은 이들이 가리키지만 그들이 일러주는 남쪽은 그들의
방향일 뿐
그들이 지시한 남쪽이 나에게는 서쪽이던 때 있었다
그들이 지시한 북쪽이 나에게는 동쪽이던 때 있었다
나도 나의 남쪽을 누구에겐가 "저기야" 안내한 적 있었
을 거다

고유의 나침반만이 고유의 남문, 남풍인 것을…

북쪽으로 달아나고 서쪽으로 구부러지며 동쪽으로 기우
는 하늘
남쪽을 찾는 데 쏟은 날들이 가뭇없이 사라진다
이미 남쪽에 사는 이조차 남쪽을 향해 떠난다
살아 있음, 걷고 있음, 다시 출발할 수 있음
발목에 붙은 그 〈있음〉들이 행인의 영원한 남국이었던
것을

여름이 떠나는 아침

하루 두어 통의 편지를 쓰며
내 가을은 저물고 싶다

오랜 벗에게
새로 사귄 친구에게
오늘을 가능케 한 모든 이에게
정스럽게, 정성스럽게 손기척을 보내고 싶다

꿈 등속은 내리어놓고
책 읽고
산책하고
가장 깨끗한 시간을 찍어
신 앞에 접어올릴 무릎을 닦고도 싶다

남은 기름 잦아들 동안
어디론가 또박또박 편지를 쓰면
시인의 빚 조금은 더는 게 될까

욕심 부렸던 글 욕심 돌려드리는 흉내는 될까

모르는 사이 세월은 가고
마지막 날, 천화(遷化)하는 날
나 또한 하늘로 반송된 한 통의 편지이리라

물 위에 떨어지는 물방울 소리
오로지 빛뿐인 빛을
희고 긴 봉투에 나눠 담으며
내 가을은 그렇게 저물고 싶다

IV

문인석

아스라한 침묵이 돌을 낳는다
누구도 모른다
낳은 이만이 쓰다듬는다
햇살 한 줄기 닿지 않는 길 구르다 묻히다 홀연히 증발
한다
봉인되어 익어가는 말
어떤 울음은 종유석으로, 어떤 참회는 대리석으로, 어떤
그리움은 홍보석으로 살을 굳힌다
고도로 압축/정화된 언어만이 다이아몬드에 이른다
다시는 말을 품지 않는 말
세포마다 빛이 고인 말
발부리에 차이는 어느 돌인들 용암을 통과한 별이 아니랴
잘 여문 돌 하나 품고 눕는 밤
바람으로 돌아간 말이 들린다
앓았던 침묵이야 제일로 고운 돌이다
뜨거운 돌
진통했던 돌
앞 돌 따라 투명해진다
푸석한 시간 밑으로 무수한 돌이 깔린다

서점에서 꽃을 사다

갈피마다, 행간에는, 음보에서, 음절에도 꽃수술향기 꽃
샘향기 꽃받침향기 잎사귀향기 잎겨드랑이향기 줄기향기
뿌리향기

어린이 외국어 인문 잡지 정치/법률 취미 실용 학습 사전
수험서 예체능 의학 자연 정부/연구소간행물 종교 컴퓨터

커피 한 잔 값이면 구두 한 켤레 값이면 옷 한 벌 값이면
강남의 초호화 아파트 한 채 값이면 한 송이 열 송이 백 송
이 아니아니 열 수레 스무 수레 채석강이라도

서가와 서가 사이엔 이제 막 사랑을 시작한 사람 이별을
맛본 사람 다음 사랑을 꿈꾸는 사람 또는 사랑을 모르는 미
성년자

아하 나는 8개월 전에 칼 세이건의 『코스모스』 한 송이를
샀고 동생에게도 인터넷 구매로 선물했고 요즘은 밑줄 친
씨앗들을 노트 중이다 꽃잎/꽃잎 매겨진 쪽 번호가 오순도
순 동그랗다

숲

말이 추려진다

살아남은 말은 꽃보다 별보다 바람과 바람 사이 나비보다 향긋하다

말들은 견고함을 지향한다

한 마디의 말은 꿈틀대고 한 무더기의 말은 출렁거린다 폭풍을 유발한다

시간은 그것을 흐름이라 말한다

넉넉하다 말은

예전에도 오늘도 묘한 뼈를 숨기기에

푸른 뼈를 품었기에

날카로운 말들이 겹겹으로 짚인 게 어제 오늘이었을까

부러진 말들, 돌아간 말들, 없는 말들을 응시해야 하는 포만의 슬픔 가운데

뼈가 뼈를 건드린다 허둥대는 말들이 구름으로 내려간다

지구여행권

우리 집 살림살이 여행보다 책이 알맞다

초원이나 내뻗은 강 눈앞에 없을지라도 책 속에는 한 그루 보리수가 자란다

가지를 따라 하늘이 넓어지고 새들이 날고 잎새들 달랑달랑 바람을 닦는다

오래된 책들은 어느 갈피에서도 등을 보이지 않는다

귀 시린 누옥에 군불 지필 몇 마디 말씀 잊지 않는다

세월 거느린 보리수는 어떤 고비에서든 상큼상큼 아침을 연다

총총히 매어단 이슬방울들 산이나 바다보다도 맑고 따뜻하고 또 의젓하다

마음 둘러보는 여행 말고는 한눈팔 수 없는 우리 집 살림

바깥이야 봄 햇살 난난난 분분분인데 나는 맨발인 채로 추녀 밑 그늘을 산다

날개가 한쪽뿐인 낮달과 보리수와 대작(對酌)을 한다

물별에 대한 주석

물결이 햇빛을 반사할 때 생기는 반짝거림을 한 마디로 표현할 낱말이 없었습니다. 그것을 설명하다보면 문장의 리듬이 풀어져버리고 말지요. 조어가 절실했습니다. 가령 "오늘 오후, 버스 타고 한강을 지나는데 물별이 너무나도 아름다웠다" 라고 하면 금방 통할 수 있는 이야기를 물별이라는 단어를 쓰지 않는다면, 몇 마디 말과 시간을 더 소비해야만 전달이 가능할 것입니다. 그러나 물별이라는 명사를 모든 사람이 알게 된다면 몇 음보의 해설 없이도 눈부신 수면을 즉시 연상할 수 있겠지요. "오늘은 물별이 서너 개밖에 없더라"라고만 하여도 물빛의 정도를 금세 떠올릴 수 있겠지요. 국어사전에 물별이라는 식물이 나와 있지만, 또 하나의 물별이 생긴다고 문제가 되지는 않을 것입니다. 물별이라는 이름씨가 '단추'라는 말 버금으로 자연스럽게 쓰이기를 바랍니다. 물별은 분명 창공의 별을 닮았고 물 위에 뜨는 빛이니 적합하리라 여겨집니다. 물별은 살아 움직이기 때문에, 우리 곁에 있기 때문에, ─먼 하늘 별보다 덧없고 영원하며 슬프고 또 아름다운 진짜 별일지도 모릅니다.

둥근 책

속독을 허락하지 않는다
갈피마다 바람 불고 여백에서 풀이 자란다
행간을 타고 세월이 흘러든다
오후 네 시/금요일/시월쯤으로 해두자
이 모두가 쉰셋의 각도로 기울어진 나의 오늘이다

· 인간은 인간적일 때만 인간이다
· 열심히 기는 것이 나는 것이다
· 죽었다는 소식은 죽어간다는 안부보다 따뜻하다

시시각각 문장이 지나간다
누가 누구의 책을 읽더라도 그것은 자신을 읽는 것이다
자신에게 밑금 치고 자신을 외운다
자신과 먼 것은 기억이 묽다
내가 쓴 몇 조각 글도 내가 읽은 나 자신에 불과하다
동서고금 양서들 또한 자신을 탐독한 이들이 생애를 걸
고 찾아낸 자신이었음을

'를' 이 '을' 을 밀어내고 '는' 이 '가' 를 갈아치우는 현
장, ─표지만이 화려하다

심장으로 머리로 페이지를 넘겨야 한다

사람/지구/우주는 엮지 않아도 이미 책이다

많은 책들이 자전하며 공전한다

어린 시절의 전개가 미래를 완료한다

대단원에 가까울수록 피와 뼈와 모서리가 닳아진다

맑고 푸른 수상록·동화집을 떠나 왜 이런 장르에 들어
왔을까

전일 상품

먹다. 먹히다먹힌다먹혔다. 사라짐이 보이는 흐름이다. 먹는다먹었다,가 아니다. 먹히는 쪽은 늘상 눈을 뜨고도 먹는 쪽을 먹지 못한다. 시냇물 대 바다의 관계를 신은 왜 풍경으로 설정하였나. 그 단순한 그래프 아래 소용돌이치고 술렁이고 쓰러지는 줄기들. 밤낮으로 이랑진 이곳은 조물주의 남새밭일는지 모른다. 우리의 고뇌가 섬유질 채소일지도 모른다. 벌레가 우글대는 광장을 보면 유기농이 애매하다. 신도 건강을 염려해야 하나? 종자도 다양도하지. 뿌려두기만 하면 저절로 자라는 희로애락, 그것이 향료인지도 모른다. 틀렸거나 덜 된 생명이 아니다. 어엿한 목숨이건만 당일에 안 팔렸대서 절반값이 붙었다. 〈정가〉라고 붙었다. 먹힘에도 때가 있다. 뽑혔다는 게 무슨 뜻인가. 하루 사이 쓰레기 처리되는 잎새들, 열매들, 뿌리들. 슈퍼마켓 카트를 밀며 낯익은 신을 만난다.

이인일실(二人一室)

해돋이마다 물을 갈아준다
그러나 내 환부가 아무는 만큼
꽃들은 죽어간다
물도 깜깜 썩어간다
그럼에도
꽃은 물은
서로를 돕고 있다
끝까지 살고 있다, ―이것이
고요다
고요의 몸빛이다
담담히 에두르고 서 있는 꽃병

그만 자살에의 욕구를 내려놓는다
몇십 억 마구 꽂힌 다인실에서
그림자 뿌리까지 타기로 한다

내 오십의 부록

편지는 내 징검다리 첫 돌이었다

어릴 적엔 동네 할머니들 대필로 편지를 썼고

고향 떠난 뒤로는 아버님께 용돈 부쳐드리며 "제 걱정은 마세요" 편지를 썼다

매일 밤 내 동생 인자에게 편지를 썼고

두례에게도 편지를 썼다

시인이 되고부터는 책 보내온 문인들에게 편지를 썼고

마음 한구석 다쳤을 때는 구름에게 바람에게 편지를 썼다

돌아가신 어머니 그리울 때는 저승으로 편지를 썼고

조용한 산책로에선 풀잎에게 벌레에게 공기에게도 편지를 썼다

셀 수 없이 많은 편지를 쓰며 나는 오늘까지 건너왔노라

희망이 꺾일 때마다 하느님께 편지를 썼고

춥고 외로울 때는 언젠가 묻어준 고양이 무덤 앞에서 우울을 누르며 편지를 썼다

어찌어찌 발표된 몇 줄 시조차도 한 눈금만 들여다보면 모습을 바꾼 편지에 다름 아니다

편지는 내 초라한 삶을 세상으로 이어준 외나무다리, 혹은

맑고 따뜻한 돌다리였다

편지가 있어 내 하루하루는 식지 않았다
한 가닥 화려함 잃지 않았다
편지봉투 만들고, 편지지 접고, 우표를 붙일 때마다
시간과 나는 서로를 사랑하고 용서하고 또 믿었다
그리고 그 조그만 빛이 다음 번 징검돌이 되고는 했다

간장병과 식초병

— 無爲集 1

나에게는 요즘 새로운 손짭손 하나가 생겼다

신문이나 전단 등에서 하루살이로는 아까운 그림을 솎아 엽서로 만드는 일이다

반듯하게 마름질한 아트지에 풍경들을 앉혀놓으면 웬만한 시보다 따뜻하다

맑아지는 하늘이 세상 밖이다

그 살붙이들 곁에 두는 시간 길어지지만 어쩌다 남풍이 불면 선뜻 띄워보내기도 한다

엊그제 태어난 엽서 가운데 간장병과 식초병 사진이 있다

자그마한 유리병 두 개가 어찌나 다정하게 서 있는지 대할 때마다 저절로 행복해진다

나는 그들이 언제까지나 깨어지지 않기를 바란다

다른 식탁으로 나뉘는 고통이 없기를 바란다

세월과 함께 색이 바래고 흠집이 생기더라도 오늘 이대로 한자리에 서 있기를 바란다

그들이 소화기관과 두뇌를 갖지 않은 몸일지라도 어울리는 짝을 이루었을 때는 타의에 의해 헤어지는 일이 없기를 바란다

시간은 누구에게나 길지 않다

나는 구름 속 꿈에서나마 연리지(連理枝)의 이상을 구현한다

무료한 날의 몽상

— 無爲集 2

막대기가 셋이면 〈시〉字를 쓴다

내 뼈마디 모두 추리면 몇 개의 〈시〉字 쓸 수 있을까

땀과 살 흙으로 돌아간 다음 물굽이로 햇빛으로 돌아간 다음 남은 뼈 오롯이 추려

시 시 시 시 시 시

이렇게 놓아다오

동그란 해골 하나는 맨 끝에 마침표 놓고 다시 흙으로 덮어다오

봉분(封墳)일랑 돋우지 말고 평평하게 밟아다오

내 피를 먹은 풀뿌리들이 짙푸른 빛으로 일어서도록 벌레들 날개가 실해지도록…

가지런히 썩은 〈시〉字를 이슬이 먹고 새들이 먹고 구름이 먹고 바람이 먹고…

자꾸자꾸 먹고 먹어서 천지에 노래가 가득하도록…

독을 숨기고 웃었던 시는 내 삶을 송두리째 삼키었지만 나는 막대기 둘만 있으면 한 개 부러뜨려 〈시〉字를 쓴다

젓가락 둘 숟가락 하나 밥상머리에서도 〈시〉字를 쓴다

못 찾은 한 구절 하늘에 있어 오늘도 쪽달 허공을 돈다

멈춤, 상상의 속도

— 無爲集 3

게으름은 게으른 자만이 누릴 수 있는 축제다

게으름에는 규칙이 없다 게으르다는 점 외에는 죄목도 없다

게으른 이의 침묵은 완만하다

그들은 도모하지 않는다 실패/실망/원성도 모른다 게으름은 땀 흘리던 무릎의 마지막 도약

누군들 세월을 의욕하지 아니했으랴 파종을 즐기지 아니했으랴 줄기와 잎새, 꽃과 열매를 위해 동분서주 아니했으랴 새들이 물어가고 벌레에게 뜯기고 태풍과 서릿발에 짓이겨진 종자 앞에서 분노치 아니했으랴

거듭거듭 다친 이들이 하염없이 바라보는 시간, — 그것이 바로 게으름인 것을

게으름은 사유의 세계로 달리는 제1번 국도다

갈등과 불면 쓸어낸 호흡이다

태양이 서쪽 창으로 기우는 동안 커피 한 잔을 마셨을 뿐인 나의 하루여

인생은 노력한 만큼 이루어지는 것이 아니란다, — 그것이 인생이란다

그 한마디 수확을 위해 청춘을 바친 삶이여

독사 떼

— 無爲集 4

갈채가 몰리는 광장으로 현자들이 모여든다
너도나도 달리기 높이뛰기 앞 뒤 없이 매달린다
가장자리 표목쯤이야 아랑곳하지 않는다
먼 데 구름만이 풍경을 헤아린다

—현자들은 저마다 복색이 희한하다
—희한한 옷 없는 자 어울려 뛸 수 없다
—이 저자에선 연결고리가 으뜸고리다

06:00 자명종 소리가 칼날을 들이댄다
시곗바늘이 발 빠른 현자 곁에 순식간에 직립한다
빛을 차려입은 시간이 광장으로 기어나간다
현자였다니, 그마저도

일곱 여덟 아홉 열 열하나 열둘 하나 둘 셋…
종으로 횡으로 현자들이 버린 웃음
대기권 깊숙이 슬픈 구멍을 내고 있다

인생은 꿈이 아니다

저 편의 사흘이 주어지면, —첫째 날은 온종일 빈둥거리
리라
아무 일도 하지 않으리라
온갖 명암과 잡념으로 더럽혀진 정신을 찬찬히 목욕시키
리라

저 편의 사흘이 주어지면, —둘째 날은 깨끗해진 시간의
첫 행위로써 편지를 띄우리라
보내온 책에 대한 회답은 물론
아무럴 것도 없는 마음을 친구에게 전하리라
아이들 이야기 남편 이야기 꽃밭 이야기, …영산홍 아래
졸음 홍건한 고양이 이야기도 쓰리라
슬픔/절망/고뇌 그런 푸념은 아니하리라
지구인이면 누구나 자신의 그늘만으로도 만선(滿船)이리
니, 맑고 따뜻한 우스갯소리 새지 않게 담으리라

저 편의 사흘이 주어지면, —마지막 날엔 시를 지어야지
여기저기 흩어진 메모들 공책에 꿰고 바람 따라 새들을
따라 준령을 넘으리라
은하수 건너가리라

세상에는 없는 길을 거닐어 사랑하는 이에게 찾아가리라
사랑하는 이를 만나면 죽음보다 깊은 잠을 그 어깨에 기대리라
아무 것도 생각지 않으리라

그리고 넷째 날에는, ─돌아와야지
다시 온갖 명암과 잡념에 끄달리며 주어진 한 생애를 묵묵히 참아내리라
다섯째 날부터는 달력에 눈 두지 않으리라
다만 기도하리라
주어진 날과 주어졌던 날 주어질 날들 아래 엎드리리라

황금분할

— 無爲集 6

햇빛이 가장 잘 드는 유리창 쪽에 양말을 넌다

발바닥이 바깥을 보도록 넌다

그 안쪽 줄에는 속옷을 널고 더 안쪽 줄에는 화장실만 지키던 타월을 널고 마지막 그늘에는 겉옷을 넌다

다른 이유는 없다

균등한 빛의 분배다

빨래들은 때 묻고 구겨진 신민

온갖 영화와 치욕을 함께한 신민일진대 왕은 요즘도 찬찬히 손빨래 한다

군신유의(君臣有意)는 왕으로부터

세제를 덜 풀어 강물이 곱고 헹군 물에 다시 헹궈 달빛이 맑고 관절을 움직여 와탑이 밝다

시간이야 좀 축이 나지만 왕의 신뢰는 왕으로부터

모든 빨래는 반듯이 개어 꼭꼭 밟는다

밟아 넌 빨래들은 언제나 새것이다 납작해지지 않는다 다리미로 고문한 신민과는 다르다 양말까지도 구멍이 나도 처녀 적 올을 지킨다

우리 집 붉은 고무다라이의 주의는 〈평등〉이다

왕조차도 엎드려 비누칠한다

잘 마른 빨래 정성껏 접어 서랍에 넣을 때도 양말이 우선

이다

　오랜 세월 그저 그렇게 한다 아직 신민의 데모가 없다

열매는 매달림의 언어다

― 無爲集 7

어쨌든 매달리자

아망스런 손 달렸으니 매달리자

매달리기 좋은 손가락으로 매달리지 아니함도 모종의 낭비

염탐 말자 어디건 매달리자

아느냐 쌀밥, 아니면 보리밥이라도

힘껏 매달리다보면 까치밥이라도 될는지 누가 아느냐

말석에 돋아난 풀도 그 말석에 매달려 꽃을 굴린다

잎은 가지에, 가지는 기둥에, 기둥은 뿌리에, 뿌리는 흙에, 흙은 씨앗에, 씨앗은 태양에…

오호라 꼭두로 익은 태양조차도 무수한 끈 풀어 대지에 매달린다

매달리지 않고 여무는 빛 있을까

삶이란 매달림

살아남았음이란 매달렸음

매달릴 바에야 힘껏 매달려 충실히 익자

설익든 농익든 결국 다 떨어지지만 이왕이면 힘껏 매달려 때깔이라도 곱게 후리자

요만큼 야무진 손가락이야 또 어떤 짐승이 있나

간댕간댕일지언정 알탕갈탕일지언정

아무렴! 매달리자

매달리지 않으면 도태형이다

제때, 제자리에 떨어질 몰락 하나 꿈으로 꼽자

시간? 공간? 아무튼 매달리자 때로는 〈놓음〉에도 매달리자

7월도 사흘밖에 남지 않았습니다
 ― 無爲集 8

더위에 전신을 맡겨둡니다
가리마에서도 얼굴에서도 등에서도 땀이 납니다
일 년 내내 닫혀 있던 세포들이 문 열었습니다
묵은 공기가 환기됩니다
빛이 들어옵니다
실내가 새로워집니다
턱턱 숨막히는 이 더위로만이 미세한 창문들을 활짝 열
어놓을 수 있습니다
땀방울 솟아오른 자리마다 푸른 물이 듭니다
수만, 수십만 마리 매미가 울음탑을 쌓아올립니다
첫새벽부터 펼쳐지는 맴맴 소리는 가실가실 풀먹여 다듬
어낸 모시올입니다
귀를 담그면 발까지 시원합니다
서울 한복판에서 질탕하게 벌어지는 도원(桃源)의 소리
바람 소리
물 소리
제비 소리
아무것도 없습니다
오로지 참을성 많은 매아미 소리뿐입니다
고향 떠나온 사람들 하 불쌍타! 벌어먹고 사느라 고생한다

다만 한 철 베푸시는 하느님 은총입니다

신이 만든 찜통은 과연 인간들의 양푼과는 깊이가 다릅
니다

그들은 어떻게 말하는가

— 無爲集 9

강변도로 방음벽 아래 능소화 한 송이가 떨어진다

서녘 햇살이 그 꽃에 더 고운 빛을 던진다

한강은 잠시 흐름을 늦춘다

역사란 한낱 덧없는 낙화, 담장에 매달린 구름

기어올라 피었다 떨어진 흔적

시인은 바람을, 철학자는 뿌리를, 화가는 줄기를, 음악가

는 잎새를, 군인은 영역을 겨냥한다

그렇다 나는 지금 택시를 타고

올림픽대교, 성수대교 남단을 지난다

미역국 한 들통 싣고 첫아기 낳은 딸네집 가는 길이다

토요일 2003년 8월 어제가 광복절

떨어진 능소화 한 송이가 어찌 내 안에 들어와 말을 건

넬까

달리는 차 안에서 읽거나 쓰면 멀미나잖니?

메슥메슥 욕지기가 불룩거린다

순식간에 뒤쪽으로 사라진 능소화 한 송이가 남은 뜻을

타전해온다

만개, ―그거 별것 아니라고

그만 메모를 멈추라고

멀미나 다스리라고 미역국이나 잘 붙잡으라고

핑크렌즈효과

— 無爲集 10

내게주어진첫시간을당신께예전에도오늘도먼훗날에도내
게행운인당신께살아있는한당신께 개나리가그작고노란첫
번째꽃송이를열었습니다이제막점등된봄소식급히담아보
냅니다총총 오늘아침햇살에향수를뿌려두었습니다당신의
오늘하루가향기로우시기를빕니다그립습니다 그리움은눈
그리움은비그리움은구름그리움은바람그리움은별그리움
은달그리고그리움은해 여기는꽃밭입니다초고를태우고사
과나무그루터기에앉았습니다참새소리에벚꽃이날립니다
왜이렇게가이없을까왜이렇게굽이쳐올까왜이렇게눈물이
날까왜이렇게저하늘이아름다울까 어느날풀어질매듭이아
니기를푸릇파릇물소리나란히듣는언덕이기를다른꿈에도
당신이기를

겨울꽃

다시 걸어 들어가리라
당당히 붉은 물들어
바람 따라나선 가을 잎새들
나도 그렇게 날아가리라
얼음과 어둠 속에서 후회하리라
절망도 하리라
검어지는 햇빛 바라보면서
이런 게 사는 거라고 위안도 하리라
온갖 추억과 내일로 난 길
찰나에 하늘이 거두어 갈 때
나는 한 마디 자라오른 갈대이리라
울음 우는 물결이리라
사랑은 죽어져도 아름다운 것이니라고
낡고 낡은 이 마을에서
그래도, 아직도 남을 만한 게 남아 있다면
그것은 사랑이라고
사람이라고
밤새워 일러주고 풀 아래 눕는
나는 나는 봄비이리라

내 뼈마디 모두 추리면 몇 개의 〈시〉자(字) 쓸 수 있을까

최라영(문학평론가 · 서울대 강사)

『열매보다 강한 잎』은 그의 일곱 번째 시집이 된다. 그의 시세계는 『하루에 한번 밤을 주심은』, 『그리워서』, 『이 화려한 침묵』, 『사랑을 느낄 때 나의 마음은 무너진다』를 중심으로 한 고전적이고 낭만적인 연가(戀歌)풍의 시편에서, 『감성채집기』와 『정읍사의 달밤처럼』을 중심으로 한, 단시(短詩) 형식의 모더니즘적 시풍으로 전환하였다. 『열매보다 강한 잎』은 그의 시세계에서 세 번째 단계를 보여주는데, 관념적, 사색적이면서 자기성찰적인 면모가 두드러진 것으로 변화하고 있다.

그의 시는 일상의 작은 소재와 사물을 다루면서도 시인만의 깊이 있고 고요한 사색의 풍경을 보여준다. 얼핏 보아서는 그의 사색의 풍경들은 사소하고 비슷비슷한 일상의 일들 같다. 그러나 귀를 대고서 그의 시에 가만히 기울이면 시에서 굴러나온 '물방울들'이 '씨앗' 속 생명의 '물줄기'를 이루면서 땅 위에 솟아오른 '두 잎'이 되고 다시 나무가 되고 고요하고 촉촉한 숲이 되는 모습을 볼 수 있다. 즉 그의 시들은 단일한 사고의 뿌리를 보여주는데 좁은 듯하면서도 섬세한 깊이가 있다.

이번 그의 시집에서 주조를 이루는 것은 '형벌 받은 자의 의식'이라고 할 수 있는데 그 형벌의 원인은 그가 그토록 집념한 대상인 바로 '시'로부터 기원하고 있다.

이윽고 그가 나타났다. 나는 유리를 모조리 살펴본 후 이렇게 말했다. "이런! 색유리는 없구먼? 장밋빛이며, 붉은 것, 푸른 것, 마술의 유리, 천국의 유리는 말야? 이런 뻔뻔스러운 사람 보았나! 이런 빈민굴을 버젓이 돌아다니면서, 인생을 아름답게 보여주는 유리 한 장 안 갖고 다니다니!" 그러고는 층층대 쪽으로 왈칵 떠밀자, 그는 비트적거리며 투덜거렸다./나는 발코니에 다가가 조그만 화분을 집어, 사나이가 현관 앞에 다시 나타났을 때, 유리 지게 위에 수직으로 떨어뜨렸다. 그는 그만 나둥그러지고, 가엾게도 전 재산이 산산조각 나고 말았다. 벼락에 부서지는 수정궁(水晶宮)의 요란한 소리를 내면서./나는 내 미친 지랄에 취하여 그를 향해 부르짖었다. "인생은 아름다워야지! 인생은 아름다워야지!"/이토록 신경질적인 장난에는 위험이 뒤따르기 마련이며, 흔히 비싼 값을 치르는 수가 많다. 그러나 일순간 속에 무한한 쾌락을 맛본 자에게 영원한 벌이 무슨 상관이랴?

— 보들레르, 『빠리의 우울』 중에서 「못된 유리 장수」 부

분, 정숙자 산문 「시와 천재」에서 재인용(『애지』 2004. 겨울)

맨발로 호미질을 하고 나서 싸들고 온 커피를 마실라치면 대지는 그대로 다탁이었다. '못된 유리 장수'가 가져오지 않았던 색유리도 하늘 가득 쌓여 있었다. /어느 날. 그 아름다운 색유리를 바라보고 있는데 나보다 훨씬 나어린 부인이 옆에 와 앉는 것이었다. 그리고는 물었다. "왜 밭에다 꽃나무를 심었능교?" 나는 "눈으로도 먹어야 하기 때문"이라고 답하였다. 부인은 "괴짭니더!" 하며 소리 내어 웃었다. 나도 웃었다. 해바라기와 장미꽃 웃음꽃 향기가 시간을 가로질러 이 원고지에까지 배어든다. 품평회에서의 꼴등은 내 차지였지만, 봄여름가을 내내 쾌락을 맛본 나에게 그런 등위가 무슨 상관이었으랴.

　　　　　　　　　　　— 앞의 산문 「시와 천재」 부분

　전자의 글은 보들레르가 유리장수에게 인생을 아름답게 보여주는 색유리가 한 장도 없다고 하여 유리 지게 위에 화분을 던져 부수며 외치는 장면이다. 그리고 후자의 글은 시인이 군인인 남편과 기거하던 군인아파트에 소속된 텃밭 한 쪽에다 '장미와 해바라기'를 심으며 그 꽃들 즉 '그 아름다운 색유리'를 눈으로 '먹는' 장면이다.

　즉 시인의 의식은 보들레르의 '유리장수 일화'를 원형으로 하여 단적으로 나타난다. 그가 밭에 심은 '꽃들'을 보들레르의 '아름다운 색유리'라고 지칭한 것과 마찬가지로, '일순간 속에 무한한 쾌락을 맛본 자에게 영원한 벌이 무슨 상관이랴'는 보들레르의 구절은 '품평회에서의 꼴등은 내 차지였지만 봄여름가을 내내 쾌락을 맛본 나에게 그런 등위가 무슨 상관이랴'와 각각 상응한다.

이와 같이 시인에게는 '일순간 속의 무한한 쾌락'과 '영원한 벌'을 동시에 받은 자의 의식이 작용하고 있다. '무한한 쾌락'과 '영원한 벌'은 한 뿌리인 그의 '시'에서 근원한다. 시인은 의사가 되기를 바라고 오라버니가 어렵게 보내준 중학교에서 '유리창 너머로 흘러가는 구름'과 '시'에 경도되어 자나깨나 시만을 베끼고 외고 짓느라 더 이상의 진학을 사양하고 '일생동안 피 흘려야 할 운명과 손을 잡'았던 것이다.

'그러나 나는 자신도 모르는 사이 유리창 너머로 흘러가는 구름에 정신을 빼앗겼다. 앉으나 서나 시만을 베끼고 외우고 혹은 지었다. 결국 전과목의 성적은 엉망이 되고 말았다. 그런 나에게 실망한 오빠는, ─모 상업여고의 문예장학생으로 입학할 수 있는 길을 터 주었다. 그런데도 나는 더이상의 진학을 사양하고 일생동안 피 흘려야 할 운명과 손을 잡았다./그리고(……) 40년이 지났다. 어리석은 꼬맹이가 선택한 40년은 400년 어치에 해당하는 고통과 고독, 고뇌를 수반하였다(정숙자 산문「시와 인연」,『애지』 2004. 가을).'

그가 밭에다 꽃나무를 심고 품평회에서 꼴등을 차지한 것과 마찬가지로, 그가 경도된 '시의 열기'는 그의 인생에 있어서 결정적인 방향을 바꾸어놓았던 것이다.『열매보다 강한 잎』의 주제는 유년과 청년시절에 그가 시인으로서 받은 형벌의 무게를 섬세하면서도 간절하게 드러내고 있다.

화엄경 첫 장만한 우리 집 거실에서/의자 깊숙이 구겨져 묻힌, 나는/몇 십 년 뒤적거린 사고의 무덤이다/일 년에 한 번쯤 흙 돋우고/더러더러 잡풀 줄거리 들추어내는/그쯤으로 나는 무덤을 돌본다/잔디 뿌리와 머나먼 하늘 사이, 모처럼/정화된 시간이 "초롱" 하고 소리를 내면/천지에 가득 꽃비가 온다/무덤이야 고요와 고요가 몸 비비는 곳/무덤이야 고요와 고요가 말 나누는 곳/강물들 바다로 달리는 오밤중이면/내 삶의 소란은 한데 모여 고요를 향해 걷는다

　　　　　　　　　　　　　　　　　　— 「나의 니르바나」 전반부

1/또 팔뚝 하나 바람이 끌고 간다/온몸 딸려나간다/억누른 신음만이 제자리 박혀 일만이천 봉우리를 접는다//2/이 하루 저 한 해가 비틀고 더듬는다/서성이는 그림자, 술렁이는 목소리, 청룡언월도 숨겨둔 구름/짧은 칼도 피에는 깊다//3/물결치는 뭇 산 웃고 넘는 삶/너도 산 나도 산이다/백 년, 천 년, 억만 년 아니아니 십 년만 돌아보아도/오늘의 산은 산이 아닐 걸//4/절벽에 돋아났어도 강을 건넌 나무가 바로 문인목//5/그의 과거를 이길 수 있는 그늘은 없다/뛰어넘을 잎새는 없다/일초일순 잠들지 못한, 정수리보다 눈물이 푸른//6/평지의 잣대로 재면 안된다/하늘도 멀리 달아나는 늪 비바람 끊임없이 솟아나는 숲/그 모서리에 걸린 나날을 고독에 그을린 빛을

　　　　　　　　　　　　　　　　　　　　— 「문인목」 전문

전자 시편은 사색에 잠겨 시를 짓는 시인의 현실적 자리

와 정신적 기쁨의 자리를 동시에 보여주고 있다. 시인은 고요한 사색 속에서 '초롱' 하고 소리를 내면 '천지에 가득 꽃비가 오' 는, '고요와 고요가 몸을 비비고' '고요와 고요가 말을 나누' 는 순간을 즐긴다. 그런데 시인의 시적 상상 속에서만이 이러한 즐거움이 가능하다.

그런데 주목할 것은 '초롱' 하고 소리를 내면 천지에 가득 꽃비가 오는 사색의 '나무' 는 비탈진 절벽에 서 있다는 것이다. 후자 시편에서는 시인이 맞이했던 운명의 자리에 대한 인식이 상징적으로 나타나 있다. 시인은 최근 시편들에서 '비탈진 곳' 에 서 있거나 혹은 '매달리' 고 있는 모티프가 빈번히 나타난다. '비탈진 곳에 선 자' 와 '매달림' 의 자리를 압축적으로 보여주는 것이 위 시의 '문인목' 이다.

'문인목' 이란 벼랑 · 절벽에 돋아나고도 잎을 피우고 가지를 키워나간 것으로서, 절벽의 세찬 바람에 가지를 뻗어나가고 위태롭고도 메마른 바위틈에 뿌리를 박아나간 엄청난 인내와 생명력을 보여주는 상징이다. 그러나 벼랑을 붙잡고 홀로 선 그 나무는 일만이천 봉우리와 구름 즉 '평지의 잣대' '평지의 나무들' 은 바라볼 수 없는 까마득한 하늘가 풍경과 세상의 만라를 관망하며 볼 수 있다.

'문인목' 이 그의 현실적 자리로부터 성장하고 또 그 위태한 자리로부터 탈출할 수 있는 길은 눈을 감고 '꿈' 에 잠기는 것이다. 그 나무의 '꿈' 을 통하여 위 시에서처럼 시의 '꽃비' 가 내리는 것이다. 이번 시집에서는 '숲' 과 '나무' '꽃' '열매' 등에 관한 상념이 많이 나타나는데 이것은 이러한 시인의 '문인목 의식' 과 연관지어 나타난다.

시인이 삶을 살아가는 이유는 그가 하나의 문인목으로서 끊임없이 '두 잎'을 '피우고' '걸어나가며' 나무 속 잔물결 소리에 귀를 기울이며 '호수'를 상상하는 힘 때문이다 ('마지막엔 이것뿐이다/꽃 아니다 기둥 아니다 수많은 잎 새도 아닌 다만 두 잎뿐이다/두 잎이면 다시 하늘을 열고 별을 기르고 마파람을 부를 수 있다/껍질 속 두 잎은 우뇌/좌뇌란다/좌청룡 우백호란다/싸앗들은 스스로가 명당이요 명문이란다/흔들림 없는 두 잎을 열고 나무는 걸어나간다/큰길 소롯길 모두 제 안에 있다', 「열매보다 강한 잎」 첫부분).

그리하여 시인의 니르바나 즉 열반은 벼랑 끝 문인목의 자리에서 눈을 감고 꿈을 꾸는 의지의 끝에 얻어지는 결실인 '시적 영감'의 순간이다. 즉 '거실 의자 깊숙이' 앉은 시인의 뇌리 속에서 내적 합일체와의 끊임없는 교감과 환상을 통하여 시인이 당면한 현실과 이상의 괴리를 극복해낸다. 신비적 통일체를 통한 그의 환상은 그가 경도했던 보들레르의 심미적 '상응'과도 상통하며 그는 그 환상을 고요한 자신만의 언어로 풀어내고 있다.

그리하여 그의 '언어'는 사색의 고요한 바다 속에서 한참을 건져 올려도 떨어지지 않고 부스러지지 않는 '견고함'을 지닌다.

모나리자의 액자 속에는 소리가 없다. 그녀의 배경은 어둡다. 남들이 백(百)을 들을 때 삼사십을 듣는 모나리자는 늘상 그렇게 앉아 그렇게 웃을 수밖에 없다. 남들이 손뼉 칠 때 손뼉 치고 일어설 때 일어선다. 모나리자는 봄비 소리와 가랑잎 구르는 소리를 알지 못한다. 눈 오는 소리의 기억을 갖지 못한다. 그러나 어린 모나리자는 구김살 없는 반달로 자라 모나리자가 되었다. 그녀는 어느 회합에서도 미소를 잃지 않는다. 안 들리는 귀는 졸음을 몰고 오지만 입술을 깨물망정 흔들거리지 않는다. 그녀의 뒤에는 언제나 네모난 하늘의 조용한 틀이 있다. 모나리자가 듣는다는 것은 읽는 것이다. 그 어리숭한 눈으로, 전신의 세포로 상황을 읽고 덩어리진 소리를 조각한다. 스테레오는 어림없다. 그녀가 옷을 벗으면 온몸이 귀라는 것을 알게 된다. 모든 살갗이 귀 모양으로 열려 있다. 그녀의 어깨는 어떤 바람에도 능선으로 놓일 뿐이다. 아무도 아는 이 없다. 그녀가 스스로 달팽이관을 열어 보이기 전에는 그저 행복한 모나리자일 따름이다. 그녀의 왼쪽에만이 사람이 있고 언어가 있다. 누구라도, 연인이 아니어도 나란히 앉거나 서서 말하며… 걷는다. 오른쪽 귀는 창세기 이전으로 잠잔다. 왼쪽만이 삼사십 퍼센트의 파도 소리를 듣는다. 삼사십을 들으며 오늘도 모나리자는 모자라는 이마를 가꾼다. 그녀의 그늘을 이렇게까지 아는 사람은 모나리자에서 차단된다. 세상은 모르는 만큼 고요하다.

—「모나리자는 듣지 못한다」 전문

말이 추려진다/살아남은 말은 꽃보다 별보다 바람과 바람 사이 나비보다 향긋하다/말들은 견고함을 지향한다/한 마디의 말은 꿈틀대고 한 무더기의 말은 출렁거린다 폭풍을 유발한다/시간은 그것을 흐름이라 말한다/넉넉하다 말은/예전에도 오늘도 묘한 뼈를 숨기기에/푸른 뼈를 품었기에/날카로운 말들이 겹겹으로 짚인 게 어제 오늘이었을까/부러진 말들, 돌아간 말들, 없는 말들을 응시해야 하는 포만의 슬픔 가운데/뼈가 뼈를 건드린다 허둥대는 말들이 구름으로 내려간다

—「숲」 전문

　시인이 모나리자의 그림 속에서 발견하는 것은 '고요함'이다. 모나리자의 고요한 모습은 시인의 현실적 자화상이다. 이것은 '그녀의 왼쪽에만이 사람이 있고 언어가 있' 고 '왼쪽만이 삼사십 퍼센트의 파도 소리를 듣는' 다는 구절로써 구체적으로 나타나고 있다. 즉 귀 수술을 여러 번 했어도 오른쪽 귀는 아예 듣지 못하는 시인의 상황을 그대로 보여준다.

　그러나 고요한 모나리자는 잘 들리지 않기 때문에 더 잘 들을 수 있다. 즉 그가 '옷을 벗으면 온몸이 귀라는 것을 알게' 된다. 더군다나 그의 '모든 살갗' 은 귀 모양으로 열려 있' 다. 잘 들리지 않는 그의 '귀' 는 '온몸의 살갗' 으로 듣는 '귀' 를 만들며 전신의 혼력으로 받아들인 '말' 이므로 그에게 견고한 가치를 창조하게 한다.

　그리하여 그에게 말은 '추려지는' 것이며 '살아남은' 것이다. 살아남은 말들은 견고한 생명력을 지닌다. '말' 은 시인에게 '詩的 상념' 으로의 길이며 '시적 상념' 이란 그에게 운명의 지침을 바꾸어놓은 형벌이면서 그로 하여금 끊임

없이 집착하고 꿈꾸도록 만드는 磁力을 지닌 것이다. 그렇기 때문에 그의 '말', 그의 '詩'는 그의 운명을 고스란히 압축한 '푸른 恨'이며 '푸른 뼈'이며 '절박한 꿈'이다.

막대기가 셋이면 〈시〉字를 쓴다
내 뼈마디 모두 추리면 몇 개의 〈시〉字 쓸 수 있을까
땀과 살 흙으로 돌아간 다음 물굽이로 햇빛으로 돌아간
다음 남은 뼈 오롯이 추려
시 | 시 시 시 시 시
이렇게 놓아다오
동그란 해골 하나는 맨 끝에 마침표 놓고 다시 흙으로 덮
어다오
봉분(封墳)일랑 돋우지 말고 평평하게 밟아다오
내 피를 먹은 풀뿌리들이 짙푸른 빛으로 일어서도록 벌
레들 날개가 실해지도록…
가지런히 썩은 〈시〉字를 이슬이 먹고 새들이 먹고 구름
이 먹고 바람이 먹고…
자꾸자꾸 먹고 먹어서 천지에 노래가 가득하도록…
독을 숨기고 웃었던 시는 내 삶을 송두리째 삼키었지만
나는 막대기 둘만 있으면 한 개 부러뜨려 〈시〉字를 쓴다
젓가락 둘 숟가락 하나 밥상머리에서도 〈시〉字를 쓴다
못 찾은 한 구절 하늘에 있어 오늘도 쪽달 허공을 돈다
───「무료한 날의 몽상─無爲集 2」 전문

위 시는 '시'에 대한 시인의 형벌과 꿈과 집념의 열도를

절실하게 보여준다. '막대기가 셋이면 〈시〉字를 쓴다', '내 뼈마디 모두 추리면 몇 개의 〈시〉字 쓸 수 있을까'. 자신의 동그란 해골을 맨끝 '마침표'로 놓고 평평하게 밟아달라는 것, '독을 숨기고 웃었던 시는 내 삶을 송두리째 삼키었'지만 '나는 막대기 둘만 있으면 한 개 부러뜨려 〈시〉字를 쓴다'. 즉 시인이 자신의 '뼈'를 부러뜨려서라도 〈시〉를 쓰겠다는 매우 절박한 의지를 보여주고 있다.

막대기 두 개만 있으면 부러뜨려 〈시〉자를 쓴다는 구절은 '시에의 경도'로 인해서 그가 기꺼이 받아야 했던 형벌 즉 상급학교 진학을 포기하고 시에만 집념한 것, 시인으로서의 '천재 의식'과 '현실'과의 괴리 속에서 끊임없이 괴로워해야 했던 운명의 형벌을 그대로 보여준다('독을 숨기고 웃었던 시는 내 삶을 송두리째 삼키었지만 나는 막대기 둘만 있으면 한 개 부러뜨려 〈시〉字를 쓴다'). 그리고 어린 시절 〈시〉만을 추구했기 때문에 오히려 〈시〉로써 현실적 자리를 매김하기 어려운 시인의 역설적 운명을 보여주는 것이다.

『열매보다 강한 잎』은 비탈진 절벽에서 뿌리를 뻗고 매달린 '문인목'이 바람에 '청각'을 잃고 꿈을 꾸면서도 단지 '두 잎'을 열고 '호수'를 꿈꾸는 의지 속에서 견고하고도 단아한 '나무'로 자라나는 모습 즉 시인이 걸어온 운명의 자화상을 형상화하고 있다. 그 운명의 형상화는 고요하면서도 섬세한 식물적 상상력을 통하여 견고하게 드러나고 있다. 특별한 비유나 수식어구가 전혀 없이도 그의 시는 '단아'하면서도 '은근한' 개성의 자리를 보여주고 있다.

특징적인 것은 그 황량한 곳에 선 '문인목' 의 '나이테' 속 '잔물결' 에는 '따뜻한 인간적 온기' 가 늘 흐르고 있다는 점이다. 그가 일상을 다룬 시편들을 보면 사물과 인간에 대한 섬세하면서도 따뜻한 시선과 배려가 곳곳에 묻어나고 있다. 군인인 남편을 따라 군인아파트에서 살던 시절 자신이 시 쓰기에 집중하기 위해 일정 시간 '사색 중' 이란 푯말을 대문에 붙여서 자신의 '사색시간' 도 보장받고 이웃의 급한 용무에도 온정을 베풀 수 있도록 한 일화에서도 이를 단적으로 알 수 있다(정숙자 산문 「시와 천재」에서). 즉 시에 대한 강한 집념만큼이나 인간에 대한 애착과 애정도 짙게 보여주는 것이 그의 시편이다.

이와 같이 『열매보다 강한 잎』은 시를 향한 시인의 집념을 '식물적 상상력' 을 주조로 하여 형상화하고 있다. 즉 시에 경도되고 시에 의해 운명이 뒤바뀌면서도 시 때문에 살 수밖에 없는 운명의 자화상인 것이다. 그렇기 때문에 시인 정숙자의 시는 그의 영혼과 육체의 염원으로써 건져낸 '뼈마디' 와도 같은 절실함과 견고함을 빛내고 있다. 그리고 절제되고 견고한 언어의 틈 사이로는 천재적인 감성과 풍부한 인간애가 넘쳐 나오고 있다.

서푼짜리 친구로 있어줄게
서푼짜리 한 친구로서 언제라도 찾을 수 있는
거리에 서 있어줄게
동글동글 수너리진 잎새 사이로
가끔은 삐친 꽃도 보여줄게

유리창 밖 후박나무

그 투박한 층층 그늘에

까치 소리도 양떼구름도 가시 돋친 풋별들도

바구니껏 멍석껏 널어놓을게

―「무인도」 전반부